CATALOGUE

LOUIS GALLETTI

Vente du 31 Mars 1856

Me BOUSSATON	M. MARTIN
Commissaire-priseur	Expert

PARIS. — IMPRIMERIE DE J. CLAYE

RUE SAINT-BENOIT, 7

CATALOGUE

DE

QUARANTE-SEPT

TABLEAUX

ET VINGT-CINQ

DESSINS

PAR

M. LOUIS GALLETTI

DONT LA VENTE, AUX ENCHÈRES PUBLIQUES, AURA LIEU

HOTEL DES COMMISSAIRES-PRISEURS

RUE DROUOT, N° 5

Le Lundi 31 Mars 1856, à 2 heures 1/2 précises

Par le ministère de M° **BOUSSATON**, Commissaire-Priseur,
rue des Petites-Écuries, 49;

Assisté de **M. MARTIN**, expert, rue Mogador, 20

EXPOSITION PUBLIQUE

Le Dimanche 30 mars 1856, de une heure à cinq heures.

PARIS

J. CLAYE, IMPRIMEUR-ÉDITEUR

7 RUE SAINT-BENOIT

1856

CONDITIONS DE LA VENTE

Elle sera faite au comptant.

Les adjudicataires payeront cinq pour cent en sus des enchères applicables aux frais.

TABLEAUX

1

Environs de La Haye.

2

Les Moulins; Hollande.

3

Laveuses à Chatou.

4

La Mare aux Corneilles; Fontainebleau.

5

Après la pluie; Chatou.

6

Moulin à eau; Chatou.

7

Soleil levant à Beaumont (Seine-et-Oise).

8

Environs de Carrière, près Chatou.

9

Vue prise à Chatou.

10

Paysage aux environs de Beaumont.

11

Ile de Croissy.

12

Effet de matin; île de Croissy.

13

Laveuses à Chatou.

14

Le Printemps; Chatou.

15

Environs de Chatou.

16

Chatou; le soir.

17

Basse-cour à Tours.

18

La Gorge aux Loups; Fontainebleau.

19

Les Ventes à la Reine; Fontainebleau.

20

Les Ventes à la Reine; automne.

21

Cour à Marlotte.

22

La rade de Funchal; Madère.

23

Environs de Beaumont (Seine-et-Oise).

24

Cour d'une maison à Tours.

25

Le chemin Creux; Fontainebleau.

26

Vue prise à Funchal; Madère.

27

Forêt de Fontainebleau; ânes.

28

Forêt de Fontainebleau; effet de soir.

29

Chatou; effet de soir.

30

Route du Pic à Ténériffe.

31

Terrains près de Chatou.

32

Chatou; automne.

33

Saint-Yago; île du cap Vert.

41

Allée de forêt ; automne.

42

Chemin près Bourron.

43

Coupe de bois ; Fontainebleau.

44

Laveuses à Saint-Yago ; cap Vert.

45

Environs de Chatou.

46

Soleil levant ; forêt de Fontainebleau.

47

Environs de Marlotte.

DESSINS

56

Intérieur de cour à Marlotte.

57

Cour à Marlotte.

58

Basse-cour à Marlotte.

59

Cour avec poules à Marlotte.

60

Autre cour à Marlotte.

61

Une porte de la ville de Moret.

62

Une ruelle à Nemours.

63

Une cour à Bourron.

64

Intérieur de grange à Marlotte.

65

Autre grange à Marlotte.

66

Hutte de charbonniers; Fontainebleau.

67

Entrée de cave; Marlotte.

68

Moulins à Amsterdam.

69

Cour à Marlotte; fusain.

70

Souvenir de Ténériffe.

71

Les Moulins; Hollande.

72

Environs de La Haye.

PARIS. — IMPRIMERIE DE J. CLAYE RUE SAINT-BENOIT, 7.